# Anthony Browne

# WILLY EL TÍMIDO

LOS ESPECIALES DE

*A la orilla del viento*

FONDO DE CULTURA ECONÓMICA
MÉXICO

Browne, Anthony
      Willy el tímido / Anthony Browne ; trad. de
Carmen Esteva . – México : FCE, 1991
      36 p. : ilus. ; 23 x 23 cm – (Colec. Los Especiales
A la orilla del viento)
      Título original Willy the Wimp
      ISBN 968-16-3653-8

      1. Literatura infantil I. Esteva, Carmen tr. II. Ser
III. t

      LC PQ 9698.12 B76 W54   Dewey 808.068 B262w

Primera edición en inglés: 1984
Quinta reimpresión: 1988
Primera edición en español: 1991
Sexta reimpresión: 2003

Coordinador de la colección: Daniel Goldin
Traducción de Carmen Esteva

Título original: *Willy the Wimp*
© 1984, Anthony Browne
Publicado por Julia MacRae Books, Londres
ISBN 0-86203-175-3


D.R. © 1991, Fondo de Cultura Económica, S.A. de C.V.
D.R. © 1995, Fondo de Cultura Económica
Carr. Picacho Ajusco 227; México, 14200, D.F.
www.fondodeculturaeconomica.com
Comentarios y sugerencias: alaorilla@fce.com.mx

ISBN 968-16-3653-8

Impreso por D'vinni Ltda, Octubre de 2003
Impreso en Colombia • Printed in Colombia
Tiraje 10 000 ejemplares

*Para Joseph*

Willy era incapaz de matar una mosca.

Cuando salía de paseo, Willy tenía buen cuidado de no pisar a los insectos pequeños. Cuando alguien tropezaba con él siempre decía: "¡perdón!", aunque no fuera su culpa.

A veces, cuando salía a caminar, la pandilla de gorilas del barrio lo molestaba.
"¡Perdón!", les decía Willy cuando le pegaban.
Los gorilas del barrio lo llamaban Willy el Tímido.

Willy odiaba ese nombre.
¡Willy el Tímido!

Una noche, cuando Willy leía sus historietas, encontró un anuncio que decía. . .

Esto es precisamente lo que yo necesito, pensó Willy, y envió el anuncio a la dirección señalada.

Todas las mañanas salía corriendo a la puerta
para encontrar al cartero. "¡Ay, perdón!", decía
Willy cuando el cartero no le traía nada.
   Un día  llegó un paquete. . .

¡Por fin! Willy lo abrió emocionado.
Adentro había un libro que le decía  lo que
debería hacer.

Primero, algunos ejercicios.

Después, a correr.

Willy tuvo que seguir una dieta especial.

Fue a clases de aerobics donde todos bailaban al ritmo de la música. Willy se sentía un poco ridículo.

Aprendió a boxear.

Y fue a un club para desarrollar los músculos.

Willy empezó a levantar pesas y poco a poco, a lo largo de
semanas y de meses, Willy fue haciéndose más grande . . .
 y  más grande . . .

Willy se miró en el espejo y quedó satisfecho con lo que vio.

Un día Willy paseaba por la calle

y vio que los gorilas del barrio atacaban a Millie. . .

Todos corrieron.

"¡Ay. . . Willy!", dijo Millie.
"¿Qué, Millie?", dijo Willy.
"Tú eres mi  héroe, Willy", dijo Millie.
"Oh. . .Millie", dijo Willy. . .

Willy estaba orgulloso.

"¡Ya no soy un tímido debilucho!"

Soy un héroe.

¡PUM!

"¡Ay, perdón!", dijo Willy.